Données de catalogage avant publication (Canada)

Beauparlant, Sophie, 1976
Les vacances chamboulées

ISBN : 978-2-923168-11-1

Les Presses de l'aluminium
637, boulevard Talbot, Chicoutimi (Québec) Canada – G7H 6A4
Téléphone : (418) 545-5520 . Télécopie : (418) 693-9279
Site internet : http://www.pral.ca

Impression
ICLT... solution impressions
1821, boulevard St-Paul, Chicoutimi (Québec) Canada – G7J 4M9
Téléphone : (418) 696-1565 . Télécopie : (418) 696-1502
Site internet : www.iclt.qc.ca

Distribution
Les Presses de l'aluminium
637, boulevard Talbot, Chicoutimi (Québec) Canada – G7H 6A4
Téléphone : (418)545-5520 . Télécopie : (418) 693-9279

Les Presses de l'aluminium
tiennent à remercier pour son appui financier
Le Centre québécois de recherche et de développement de l'aluminium
CQRDA

cirqueakya.com

Le plus grand petit cirque
Les vacances chamboulées

Textes : Sophie Beauparlant
En collaboration avec Nicolette Hazewinkel,
Rodrigue Tremblay et François Asselin

Illustrations : Bruce Roberts
Design : Ariel Borremans

Correction linguistique : Chantale Boulanger

Ce qu'il faut savoir, c'est que la famille de Franka,
Adrian, Nicolette et Rodrigue existe vraiment.

Que chaque été, ils se déplacent dans leur roulotte argentée,
se métamorphosent en Patatie, Petit Toune, Nicoletta et
Chocolat et offrent aux petits et aux grands, sous leur chapiteau
d'aluminium, des moments remplis de rires et de surprises.
Alors, si vous apercevez un chapiteau couleur argent installé
près de chez vous, allez les voir à l'œuvre;
vous aurez un plaisir fou!

Nicoletta et Chocolat

Franka, Adrian
et le chien

Les vacances d'été sont presque arrivées…
Franka s'imagine déjà être la grande vedette du chapiteau.

Pouf ! Le professeur sort Franka de son rêve.

La cloche sonne. Youpi ! La directrice leur a fait
une surprise : les cours se terminent à midi.
Vive les vacances !

Dans la cour d'école, les copains discutent de leurs projets de vacances. À son tour, Adrian hésite à parler. Il serre les lèvres pour résister à la tentation de dévoiler son fameux projet secret.

Il retient sa respiration, se mord les joues bien fort pour ne pas parler et finalement, à bout de souffle, il lance maladroitement : « Je vais faire du ménage ». Hum… du ménage ?

Ses amis trouvent la réponse étrange et le taquinent un peu, mais Adrian tient le coup pour ne donner aucun indice sur son vrai projet tel que promis à ses parents.

Sauvé par sa grande sœur Franka, qui arrive à toute vitesse,
Adrian quitte les copains en leur souhaitant de passer un bel été.

Les derniers préparatifs avant le départ pour le camping vont bon train.

Franka et Adrian ne comprennent toujours pas pourquoi leurs parents s'obstinent à charger la roulotte
en plein après-midi. À toutes les fois, ils sont bien embarrassés. Même s'ils trouvent cela génial d'être la seule famille
qui emporte autant d'objets hétéroclites pour les vacances, les enfants savent aussi que les voisins les trouvent différents
et intrigants. Mais, au fond, qui a dit qu'il fallait tous être pareils ?

5

Habituellement, lorsque l'été arrive, la famille de Franka et Adrian part en tournée
avec toute une équipe de musiciens et de techniciens pour devenir le Cirque AKYA.
Ils se promènent de ville en ville pour faire leur spectacle sous le chapiteau d'aluminium.
Mais cet été, c'est spécial. Ils partent avec leurs parents, sans les autres membres de la troupe,
et ils vivront de vraies vacances, comme les familles ordinaires.

Pour les enfants, le périple de cet été a un but bien particulier et secret. Adrian tentera d'obtenir
le titre d'*apprenti clown* et Franka celui de *mini-clown*. Franka est un peu nerveuse, mais tellement
motivée par les privilèges qu'apporte le titre de *mini-clown* c'est-à-dire faire les spectacles
de fin de soirée, des numéros avec du feu et surtout être toute seule sur la scène !

Elle en rêve depuis si longtemps… Nicolette, insiste sur le fait que, même en vacances,
il faudra poursuivre l'entraînement et être disciplinés parce que, être clown, ça demande
de la rigueur et du travail à tous les jours !

Très tôt le lendemain matin, Rodrigue lance à sa famille :
« Remplissons le *Sac à surprises* et tous en voiture ! ». C'est comme ça que la roulotte d'aluminium a été baptisée.

Un petit secret, entre nous : si la roulotte a l'air un peu moche de l'extérieur,
c'est justement pour ne pas semer le doute sur ses atouts cachés. Attendez un peu de découvrir
ce qui se dissimule à l'intérieur… vous allez voir qu'elle porte bien son nom !

Vous êtes curieux ? Vous devrez patienter encore un peu !

Nicolette a préparé des sandwichs
et la famille quitte la maison sur le champ
pour profiter pleinement des vacances.

Au volant de la voiture, Rodrigue est un peu inquiet : le système de sécurité de la roulotte fonctionnera-t-il
si un pépin survient ? Il a travaillé toute la nuit pour réparer le bouton d'urgence mais, comme il ne peut pas faire
d'essai pour le mettre à l'épreuve, il est un peu préoccupé.

Rodrigue décide de ne pas alarmer sa famille et se met à chanter très, très fort pour penser à autre chose qu'à ses soucis, et ce, au grand désespoir de Nicolette et des enfants…
Mais, étant donné que le cœur est à la fête, toute la famille se met à chanter !

Nicolette, carte routière à la main, annonce qu'il ne reste que deux kilomètres avant d'arriver à destination. Rodrigue tente d'accélérer un peu, mais connaissant trop bien les risques si le système de sécurité se déclenche, il ralentit tranquillement malgré les cris de joie des enfants tout excités.

11

Nos vacanciers croient être enfin arrivés au camping, mais quelle surprise !
Tout a changé ! Les tentes ont été remplacées par de gros immeubles
qui touchent presque le ciel. La piscine est maintenant une fontaine jonchée
de sous noirs. Les balançoires sont des parcomètres.

Où est la piscine ?
Où sont les balançoires ?
Où sont les cerfs-volants ?

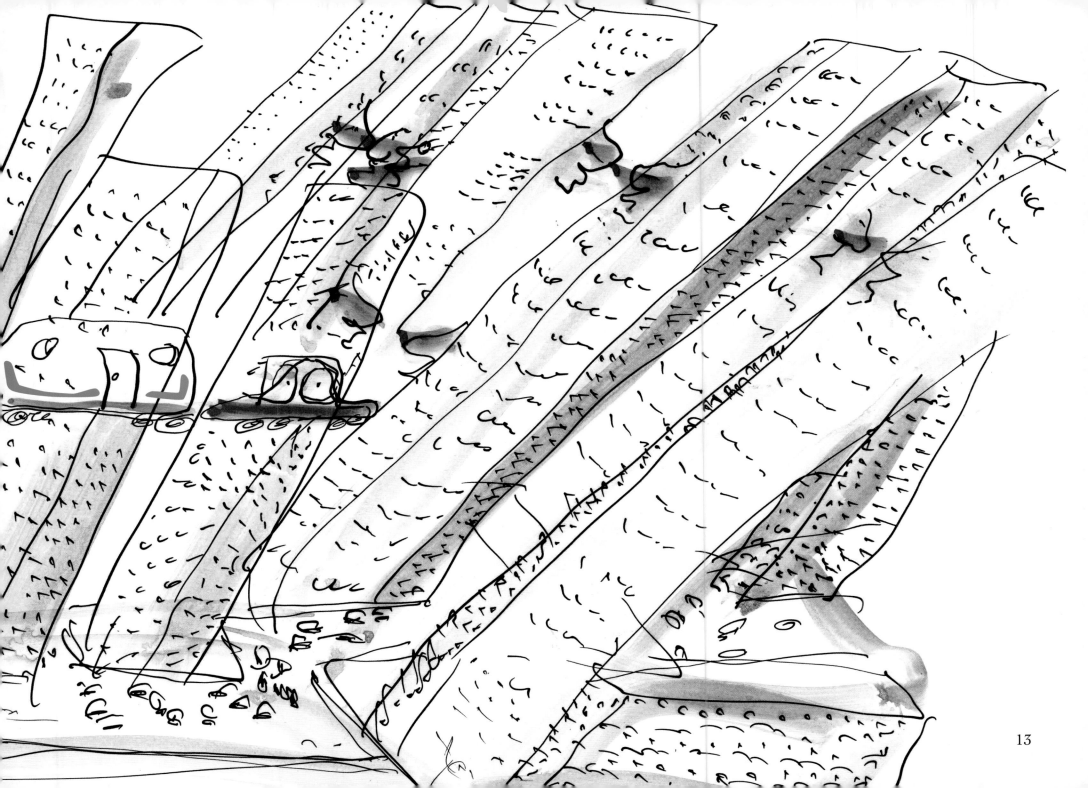

La famille fait le tour de la ville mais aucune trace
du camping. Que se passe-t-il ? Les gens dans la rue
semblent s'ennuyer et les enfants paraissent bien tristes.

Rodrigue intercepte un homme qui traverse le parc
en marchant très vite : « Mais où est passé le camping,
mon cher monsieur ? ». L'homme s'arrête brusquement
et regarde Rodrigue avec un air bien embêté :
« Les gens travaillent, ils n'ont plus le temps d'avoir
de loisirs ». Puis il repart sans s'apercevoir
qu'il traverse la rue malgré le feu rouge.

Décidément, l'endroit a bien changé.

Adrian, qui jusque-là était plutôt calme,
suggère : « Je sais que nous avions fait un pacte
pour vivre des vacances normales et pour ne pas
donner de spectacle, mais je crois que nous
pourrions faire une petite exception,
juste pour cette fois ».

D'un regard entendu, la famille se lève et Franka s'exclame :
« Il faut les aider à retrouver leur sourire ! ».

Rodrigue va dans la roulotte et en ressort illico avec quelques accessoires de clown dans les mains. La famille se dirige d'un bon pas vers les gens pour les amuser et les faire rire. En effectuant des culbutes, Nicolette atterrit sur les fils électriques et enchaîne des pas de course avec ses talons très hauts. Rodrigue s'amuse à faire semblant de cirer les chaussures des messieurs trop pressés. Franka et Adrian imitent la façon de marcher des gens sur le trottoir… à leur insu bien sûr. Mission accomplie ! Tout le monde rit, sauf…

Cette vieille dame, là-bas, qui ne sourit toujours pas.
Rodrigue a beau lui présenter tous ses tours, mais rien ne réussit.
Impossible de la faire rire.

Tout à coup, Franka s'écrie :
« Quelqu'un vole notre roulotte ! »

18

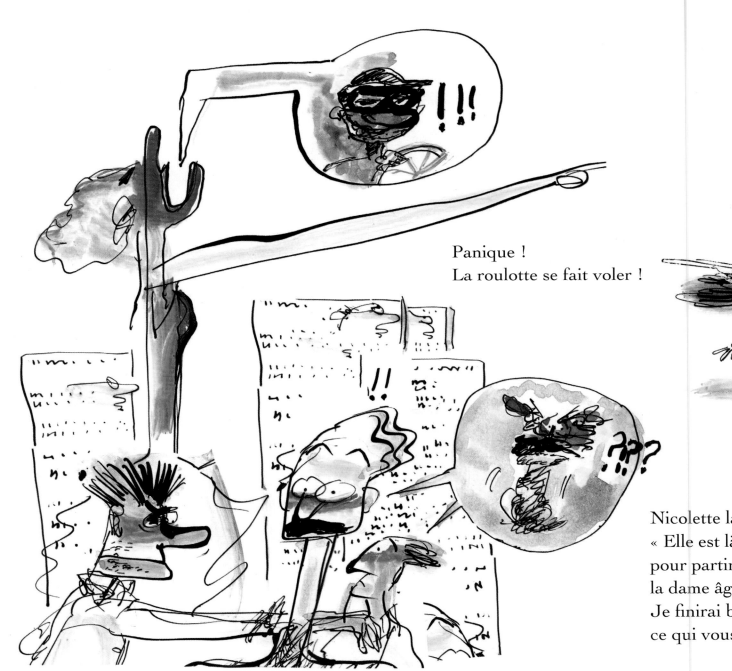

Panique !
La roulotte se fait voler !

Nicolette la repère tout de suite.
« Elle est là-bas ! » Rodrigue prend un élan
pour partir, mais il se retourne et regarde
la dame âgée : « Je vais revenir.
Je finirai bien par trouver
ce qui vous fait rire ».

Toute la famille se lance à la poursuite du voleur…
Oh non… le chien est prisonnier de la roulotte !
Que va-t-il lui arriver ?

Le voleur roule à grande vitesse et la roulotte devient précipitamment
sens dessus dessous. Le chien, qui voit bien que la famille
ne sera pas assez rapide, tente une manœuvre
risquée; il appuie alors sur le bouton
d'urgence !

La voiture du malfaiteur se met
à zigzaguer dans tous les sens.
La roulotte se détache pour aller
atterrir dans un champ.

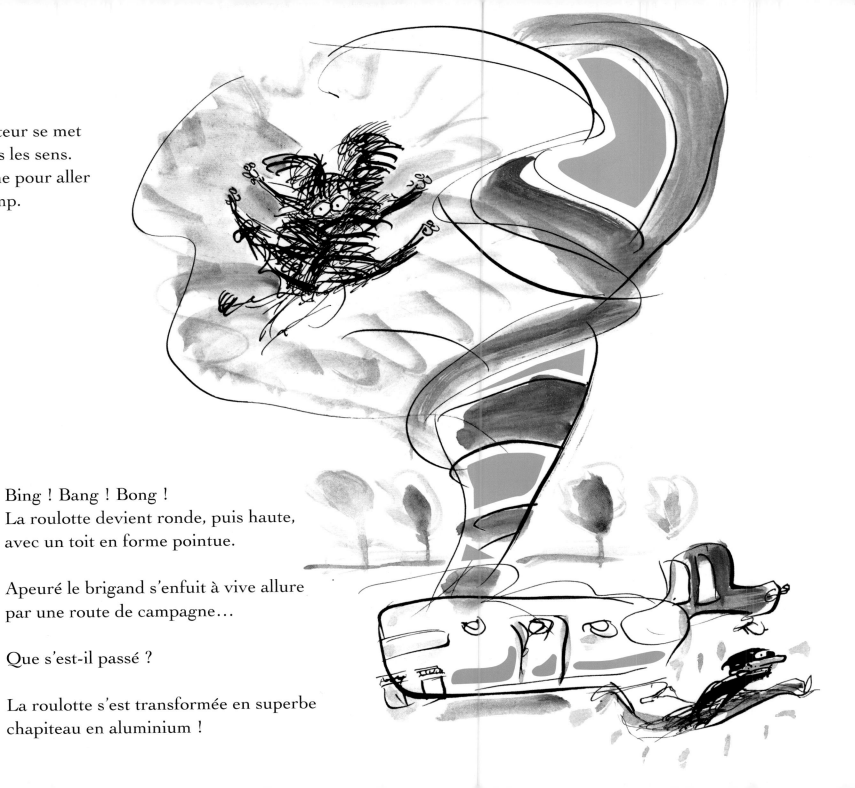

Bing ! Bang ! Bong !
La roulotte devient ronde, puis haute,
avec un toit en forme pointue.

Apeuré le brigand s'enfuit à vive allure
par une route de campagne…

Que s'est-il passé ?

La roulotte s'est transformée en superbe
chapiteau en aluminium !

Au même moment, la course de la famille devient désorganisée.
Des filées de lumières se dessinent sous leurs pas;
on dirait un volcan en éruption !

Wow ! C'est extraordinaire !
Les clowns Nicoletta, Chocolat,
Patatie et Petit Toune
sont de retour !

Vous connaissez maintenant leur secret… Lorsque le chapiteau d'aluminium se déploie, la famille devient clown instantanément; les maquillages et les costumes apparaissent sur eux comme par magie. Le hic, c'est que là, ce n'était pas prévu. Les voilà donc costumés à un moment inattendu…

L'heure est grave !
La structure du chapiteau
a été bien endommagée par ces péripéties.
Conformément à son rôle de capitaine de l'équipe,
Chocolat ne se laissera pas facilement découragé.

Sa stratégie est déjà élaborée, il ne lui reste qu'à trouver
quelques alliés pour mettre son plan à exécution.

Nicoletta et les enfants sont inquiets à propos de l'état de la cuisine, du salon et de leur chambre.

Que va-t-il se passer si les bris sont majeurs et que nos amis restent à jamais pris dans leur vie de clown ? Petit Toune pourra-t-il faire de la natation avec son chapeau de clown ? Patatie pourra-t-elle aller à vélo avec son costume ? Nicoletta restera-t-elle toujours très grande ?

Et que faire avec les maquillages colorés qui partiront uniquement quand le chapiteau sera refermé ?

La nuit portera conseil !

Puisqu'il est devenu impossible de dormir dans la roulotte,
la famille s'installe sous le chapiteau pour y passer la nuit.

Chocolat se fait réveiller par un petit baiser inusité…
Attirés par ce chapiteau scintillant, les animaux s'y sont rendus en grand nombre.

Voilà que les clowns sont enchantés ! S'ils étaient très déçus de voir que le camping avait été remplacé par une ville grise, ils sont maintenant heureux de se rendre compte qu'ils pourront se faire de nouveaux amis !

Rémi, l'agriculteur qui possède le terrain sur lequel ils sont atterris, se précipite
vers le chapiteau. Il croit rêver ! Il y a un chapiteau couleur techno dans son champ.
Fasciné par le futur et les nouvelles technologies, il s'écrie :
« Des extraterrestres dans mon champ ! ».

Chocolat va à sa rencontre et Rémi
est emballé de découvrir que des clowns
ont fait leur apparition sur ses terres
durant la nuit.

L'agriculteur et le clown deviennent
ainsi complices pour exécuter la stratégie
de réparation du chapiteau.

Ils y travaillent fort jusqu'à la tombée du jour.

Fidèle à son habitude, la nuit venue, Rémi se rend
à la montagne pour observer les étoiles avec ses animaux
de compagnie. En secret, il espère que le chapiteau
argenté agira comme signal pour ses amis de l'espace…

Le lendemain matin, Chocolat et Rémi se remettent au travail.
Ils travaillent fort pour réparer le chapiteau et lui redonner
la forme de roulotte, mais ils sont distraits par les animaux
qui commencent à devenir eux aussi des drôles de numéros.

Eh bien… les deux semaines de vacances tranquilles
qui étaient prévues s'annoncent finalement plutôt
mouvementées.

Petit Toune et Patatie commencent à s'inquiéter…
Le chapiteau sera-t-il réparé bientôt ?
Vont-ils être prêts pour faire leurs performances
et devenir *apprenti* et *mini-clown* ?

33

Le chapiteau et l'ambiance de fête attirent les curieux qui arrivent avec des tartes aux bleuets encore fumantes et leurs instruments de musique pour souhaiter la bienvenue à leurs nouveaux voisins...

Et la rumeur « colorée » se fait entendre jusque dans la ville grise, où les gens se disent « Il se passe quelque chose à la campagne! ».

Soudainement, un homme et ses gardes du corps font leur apparition sur le site.

Rémi met Chocolat en garde : « C'est M. François, le maire ! Fais bien attention à lui.
Il est très strict avec les règlements de la Ville ».

Chocolat s'élance pour aller lui parler, mais le maire n'a pas une seconde à perdre.
« Selon le règlement HY-9098657/D009 de notre Ville, il est interdit d'avoir une construction
temporaire sur un terrain agricole. Vous êtes tenus de libérer ce terrain d'ici 24 heures,
sans quoi nous devrons saisir cette… tente ridicule ! »

Tous sont paralysés devant cette missive,  mais Nicoletta tentera une tactique…

Par ses mots doux et bien réfléchis,
Nicoletta réussit à charmer M. François.
Il enverra les employés de la Ville pour
réparer le chapiteau et, en échange, la famille
de Nicoletta et la troupe complète du Cirque
AKYA donneront un spectacle pour
ses citoyens. Marché conclu !

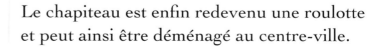

Le chapiteau est enfin redevenu une roulotte
et peut ainsi être déménagé au centre-ville.

Les enfants se remettent à l'entraînement sous le regard attentif de Chocolat.

Petit Toune fait sa routine pour devenir *apprenti clown*. Pour se réchauffer, il débute
par une série de jongleries avec deux balles et ensuite trois, puis des acrobaties
avec une chaise et un tabouret. Il poursuit avec l'enchaînement des huit expressions
faciales qu'il doit maîtriser pour devenir *apprenti clown* : un sourire heureux,
des yeux tristes, des yeux surpris, des joues gonflées comme une poupée,
les dents serrées pour montrer qu'il est fâché, les sourcils froncés par la colère,
une grimace sans la langue et une autre en sortant la langue. Wow !
Comme il est talentueux. Il a bien réussi tous les exercices.

Et vous, avez-vous passé le test ?

C'est le tour de Patatie. Elle se pratique pour l'évaluation des expressions corporelles.
Elle doit pouvoir montrer une émotion avec tout son corps. Patatie fait sa routine en demandant
à son public de la suivre. « Levez les bras et souriez pour montrer que vous êtes heureux; baissez les bras
comme à l'annonce d'une mauvaise nouvelle; courbez le dos et marchez comme si vous aviez 115 ans. »

Bravo ! Bravo !

41

Pour honorer le marché conclu avec M. le maire, le cirque use des meilleurs tours pour attirer les citoyens dans le but de les faire rire. Patatie initie un exercice de groupe. « Mettez-vous face à face avec votre voisin; pincez son menton avec votre main droite; regardez-le dans les yeux et dites *je te tiens par la barbichette*. Et il ne faut surtout pas rire ».

Oh la ! la ! C'est la cacophonie, tout le monde rit, impossible de tenir la barbichette de son voisin plus de 15 secondes.

Le maire fait de la publicité dans les villages voisins, appelle la télévision régionale et le journal du coin pour leur accorder des entrevues avec les clowns. Ce qui se prépare sera époustouflant !

Peu après, Nicoletta donne les dernières instructions aux nouvelles recrues du cirque.

Le jour du grand spectacle, le chapiteau est plein à craquer.
À la levée du rideau, tous sont ébahis par les milliers de couleurs
et les magnifiques décors du cirque. Le spectacle est grandiose !
Nicoletta donne la frousse à tout le monde sur le fil de fer;
Petit Toune et Patatie réussissent des acrobaties impressionnantes.
Les rires fusent de partout !

Chocolat repère au fond du chapiteau la vieille dame qui ne sourit
jamais. Cette fois, il ne la laissera pas partir sans sourire.
Il fait signe à ses musiciens d'augmenter le rythme de la musique
et se dirige en compagnie des autres clowns et des acrobates vers
la dame. En deux temps, trois mouvements, elle se retrouve vêtue
d'un magnifique costume de clown. Elle participe au numéro
de cirque dans lequel Chocolat apporte un grand miroir et montre
à la dame son reflet : ha ! ha ! ha !

Quel bonheur pour notre clown d'entendre enfin la vieille dame
rire aux éclats !

À la fin du spectacle, une surprise attend le public : un numéro spécial mettant en scène M. le maire,
qui semble avoir un peu la frousse face à Chocolat. Mais c'est un succès…
Le public offre à AKYA une ovation du tonnerre !

Et, dans l'euphorie du moment, M. le Maire annonce son intention d'adopter de nouveaux règlements à l'effet
que la Ville affichera désormais des couleurs attrayantes et offrira aux citoyens des lieux et des occasions
pour se réunir et fêter ensemble.

Le lendemain matin, le cirque replie le chapiteau et tous saluent leurs nouveaux amis afin de poursuivre
leur chemin de ville en ville, pour émerveiller et faire rire les petits et les grands.

Il y a mille et une bonnes raisons d'utiliser l'aluminium.
En voici quelques-unes :

- Il est facilement recyclable; les cannettes sont un bon exemple.
- Il est très léger; un atout pour les voitures et les bicyclettes.
- Il est un conducteur d'électricité; excellent pour les fils électriques.
- Il est aussi conducteur de chaleur; ça fait de bons chaudrons.
- On s'en sert en électronique; pour fabriquer les CD.
- Il peut être poli comme un miroir et on peut lui donner toutes les couleurs.
- Selon l'alliage qu'on en fait, il peut être mou comme du papier ou dur comme un pont.
- Il ne rouille pas, donc, il dure très longtemps.
- On en trouve partout, même qu'il forme 8% de la masse de la croûte terrestre !

AIRE de Jeu

Grâce à sa roulotte et son chapiteau d'aluminium,
la famille du Cirque AKYA peut se balader
et faire des heureux de ville en ville.
Voici 5 jeux inspirés de
son aventure qui vont
te permettre de tester
ton sens de l'observation,
ta mémoire et tes connaissances.

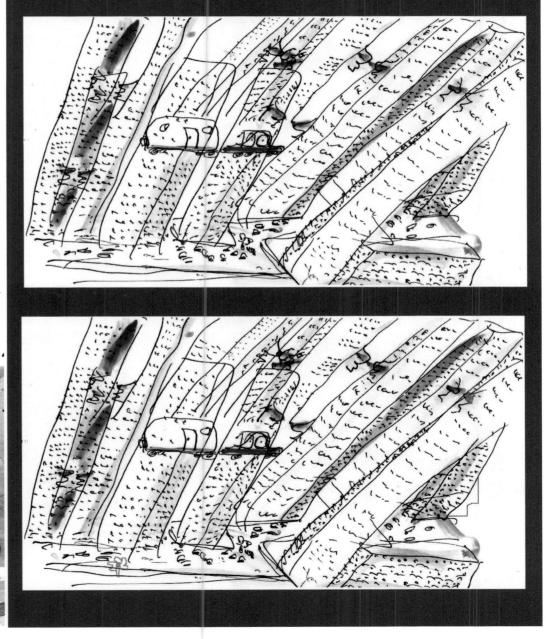

As-tu le sens de l'observation bien aiguisé?
Si oui, tu verras 1 0 différences entre ces deux images.

VRAI OU FAUX ?

Encercle la lettre vis-à-vis ton choix de réponse et enligne les lettres choisies bout à bout pour obtenir le mot recherché.

	VRAI	FAUX
L'aluminium a une couleur plutôt grise.	A	I
On trouve l'élément principal pour produire de l'aluminium dans un arbre apppelé bauxite.	C	L
Au Québec, la Vallée de l'aluminium se trouve dans la région du Saguenay-Lac-Saint-Jean.	U	A
Le chapiteau et la roulotte de la famille de Franka et Adrian sont faits d'aluminium.	M	P
L'aluminium en poudre sert à épicer les meilleures sauces à spaghetti.	O	I
Avec de l'aluminium, on fabrique des parties de voitures et aussi des bicyclettes.	N	W
Des chaussures de course en aluminium, ça court beaucoup plus vite que des chaussures de course ordinaires!	Y	I
On peut trouver des traces d'aluminium dans plusieurs pierres précieuses comme le rubis et l'émeraude.	U	E
Pour produire de l'aluminium, on a besoin de très peu d'électricité.	R	M

_____ _____ _____

LA PHRASE CODÉE

À l'aide du code, déchiffre la phrase qui suit.

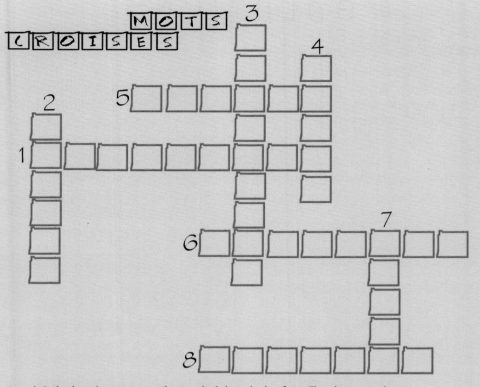

MOTS CROISÉS

1- Métal qui recouvre la roulotte de la famille dans notre histoire.

2- Forme d'utilisation de l'aluminium très répandue et qu'on retrouve dans la cuisine pour cuisiner ou conserver les aliments..

3- Tente sous laquelle le cirque présente son spectacle.

4- A cause de son métier, Rémi vit sur une ...

5- Quand il en passe une dans la rue,, tout le monde s'arrête et la regarde avec amusement.

6- L'été venu,, ce qu'on est content de partir en .....

7- Personnage drôle et indispensable dans les spectacles de cirque.

8- Quand on part en vacances avec une roulotte, c'est qu'on a l'intention de faire du ....

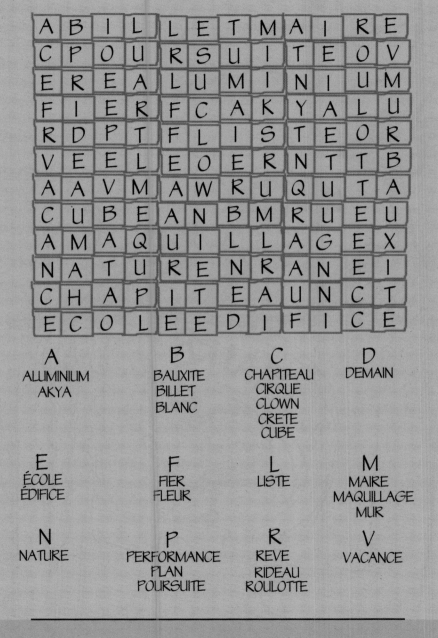

MOT CACHÉ

A	B	I	L	L	E	T	M	A	I	R	E
C	P	O	U	R	S	U	I	T	E	O	V
E	R	E	A	L	U	M	I	N	I	U	M
F	I	E	R	F	C	A	K	Y	A	L	U
R	D	P	T	F	L	I	S	T	E	O	R
V	E	E	L	E	O	E	R	N	T	T	B
A	A	V	M	A	W	R	U	Q	U	T	A
C	U	B	E	A	N	B	M	R	U	E	U
A	M	A	Q	U	I	L	L	A	G	E	X
N	A	T	U	R	E	N	R	A	N	E	I
C	H	A	P	I	T	E	A	U	N	C	T
E	C	O	L	E	E	D	I	F	I	C	E

A
ALUMINIUM
AKYA

B
BAUXITE
BILLET
BLANC

C
CHAPITEAU
CIRQUE
CLOWN
CRETE
CUBE

D
DEMAIN

E
ÉCOLE
ÉDIFICE

F
FIER
FLEUR

L
LISTE

M
MAIRE
MAQUILLAGE
MUR

N
NATURE

P
PERFORMANCE
PLAN
POURSUITE

R
REVE
RIDEAU
ROULOTTE

V
VACANCE

SOLUTIONS

MOTS CROISÉS

```
            3
            C       4
      5 P A R A D E  F
            H        E
  2         P        R
1 A L U M I N I U M  E
  P         T        E
  I              7
  E       6 V A C A N C E S
  R         U        L
            P        O W
            S          W
          8 C A M P I N G
```

MOT CACHÉ

```
A B I L L E T M A I R E
C P O U R S U I T E O V
E R E A L U M I N I U M
F I E R F C A K Y A L U
R D P T F L I S T E O R
V E E L E O E R N T T B
A A V M A W R U Q U T A
C U B E A N B M R U E U
A M A Q U I L L A G E X
N A T U R E N R A N E I
C H A P I T E A U N C T
E C O L E E D I F I C E
```

AVENTURE

	VRAI OU FAUX
L'aluminium a une couleur plutôt grise.	A · I
On trouve l'élément principal pour produire de l'aluminium dans un arbre apppelé bauxite.	C · L
Au Québec, la Vallée de l'aluminium se trouve dans la région du Saguenay-Lac-Saint-Jean.	U · A
Le chapiteau et la roulotte de la famille de Franka et Adrian sont faits d'aluminium.	M · P
L'aluminium en poudre sert à épicer les meilleures sauces à spaghetti.	O · I
Avec de l'aluminium, on fabrique des parties de voitures et aussi des bicyclettes.	N · W
Des chaussures de course en aluminium, ça court beaucoup plus vite que des chaussures de course ordinaires!	Y · I
On peut trouver des traces d'aluminium dans plusieurs pierres précieuses comme le rubis et l'émeraude.	U · E
Pour produire de l'aluminium, on a besoin de très peu d'électricité.	R · M

A L U M I N I U M

PHRASE CODÉE

FRANKA ET ADRIAN
ET LEURS PARENTS
NICOLETTE ET
RODRIGUE
FORMENT UNE
FAMILLE BIEN
ORIGINALE

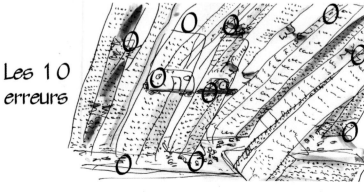

Les 10 erreurs

Conception et
réalisation
des jeux :
Mireille Clusiau

REMERCIEMENTS
La maison d'édition Les Presses de l'aluminium tient à remercier ceux qui ont rendu la réalisation de cet ouvrage possible.

Nos remerciements aux membres du conseil d'administration des PRAL et, plus particulièrement, M. Lucien Gendron, son président, pour avoir cru et supporté ce projet qui nous a permis de sortir des sentiers battus en réalisant un ouvrage jeunesse.

Merci à Messieurs Jean-Louis Fortin et Jean-Marie Sala, agents de liaison du Centre québécois de recherche et de développement de l'aluminium (CQRDA) pour avoir initié la production d'une œuvre en lien avec le cirque AKYA.

Notre gratitude est immense envers les membres de l'équipe de conception, qui ont investi leur cœur et leur créativité dans la réalisation de ce projet. Merci à notre auteure, Sophie Beauparlant, pour sa générosité sans bornes et sa rigueur professionnelle. Merci à Ariel Borremans, directeur artistique, avec qui ce fut un privilège de travailler, nous avons pu bénéficier de son immense talent et de son expertise d'envergure internationale. Travailler avec Bruce Roberts, notre illustrateur, s'est avéré un émerveillement de tous les instants; son sens artistique hors du commun, son ouverture d'esprit et sa grande intelligence nous ont charmés. Sophie, Ariel et Bruce nous ont, à leur tour, démontré que les plus grands sont souvent les plus chaleureux.

Un merci bien spécial à l'équipe du cirque qui a servi d'inspiration à notre auteure, Sophie Beauparlant. Ce fut une expérience mémorable que de les côtoyer.

Finalement, merci à Maïka et Samuel Allard, à Mireille et Corinne Boudreault, à Alexis et Thomas-Louis Gagnon, à Mathis Landry ainsi qu'à Laurence et Pierre-Yves Normandin pour avoir accepté de participer à notre tout jeune comité scientifique de lecture. Vos commentaires, aussi intéressants que pertinents, nous permettent aujourd'hui de proposer un livre vraiment adapté au groupe d'âge que nous visons depuis le début de sa conception.

L'équipe des Éditions PRAL